猛虎勇士 3

年兽来袭

[英] 陈美希 著 徐莎莎 译

中信出版集团 | 北京

图书在版编目（CIP）数据

猛虎勇士．年兽来袭 /（英）陈美希著；徐莎莎译
．-- 北京：中信出版社，2022.3

书名原文：Tiger Warrior 3: Rise of the Lion Beast

ISBN 978-7-5217-3898-8

Ⅰ．①猛… Ⅱ．①陈… ②徐… Ⅲ．①儿童小说－中篇小说－英国－现代 Ⅳ．① I561.84

中国版本图书馆 CIP 数据核字 (2022) 第 002069 号

猛虎勇士：年兽来袭

著　　者：［英］陈美希
译　　者：徐莎莎
出版发行：中信出版集团股份有限公司
（北京市朝阳区惠新东街甲4号富盛大厦2座　邮编　100029）
承 印 者：北京中科印刷有限公司

开　　本：720mm × 970mm　1/16　　印　　张：5.5　　字　　数：43 千字
版　　次：2022 年 3 月第 1 版　　印　　次：2022 年 3 月第 1 次印刷
京权图字：01-2022-0031
书　　号：ISBN 978-7-5217-3898-8
定　　价：28.00元

目 录

序 章

夜幕降临，不远处坐落着一个小村庄，家家户户都亮着灯，欢声笑语此起彼伏，一幅温馨景象。然而，夜色深处，在陆地与海洋交汇之地，有什么东西在蠢蠢欲动。潮湿的沙滩上，一个高大的身影悄无声息地走到波涛汹涌的海边，任凭海风吹打着他那遍布鳞片的斗篷。只见那人停下脚步，低头注视着漆黑的海面。他猛地仰起头，面朝暗潮涌动的海面，张开双臂，锋利的指甲在月光下闪着寒光。

“我是龙王！”他低吼，“天下无敌的龙王！本王比以往任何时候都更强大。没有人能够打败本王！”

龙王回来了。这一次，他打算掌控那个会让人类噩梦连连的怪物。那是一个人人皆知的传说，每个孩子小时候，他们的父母都会满心焦虑、提心吊胆地给他们讲述这个传说，让他们提防那个令人毛骨悚然的怪物。

龙王朝海面伸出他那利爪般的双手，巨大的海浪似乎受到某种力量感召，猛烈地撞击着岩石。龙王放声大笑，口中露出尖利的牙齿。

“醒来吧！从海底深渊出来吧！我在此召唤你——我最爱的恐怖之力，人类的梦魇！碧玉王国的子民们如果知道你听命于我，一定会跪拜在我面前，对我俯首称臣！”

就在这一刹那，水下激流涌动，有什么东西飞快地向他冲过来。海浪逐渐变高，似海啸般势不可当，龙王把双手高举向天空，海浪竟随之越涨越高。看到海面下那只生物向他游来，龙王咯咯笑着，声音里充满了兴奋与激动。

“来吧，让人胆战心惊的怪物，向人类展示你那无比可怕的力量吧！猛虎勇士，你也许可以打败我两次，但我决不会再给你机会了，不会再有第三次了！很快，碧玉王国将会成为我的囊中之物，到那时，你和整个碧玉王国的子民都会在绝望中哭泣！

“来吧，年兽！从海底出来吧！让我们强强联手，一起统治碧玉王国！”龙王大声喊着，气势如虹。

海面上，三艘巨大的木制渔船在海浪的冲击下颠簸起来。突然间，一艘接一艘的，它们全被一股强力拉到了水下。不出片刻，碎裂的木板浮出海面，无力地上下漂动，随后被冲到了龙王脚下。

头顶上的乌云若隐若现，龙王睁大了眼睛。一个长相酷似狮子的巨大脑袋从海浪中露了出来！它长着两只巨大的角，红色的眼睛，乱蓬蓬的黄色鬃毛，巨大的尖牙上还滴着口水。龙王不禁后退了一步，因为那怪物比他高得多，凶猛无比，就连实力强劲的龙王在它面前也会心生惧意。“欢迎归来，年兽。”龙王向那怪物点头致意，然后从口袋里掏出一颗闪闪发光的宝石，说道：“我有一个任务交给你。”

龙王和年兽并肩而行，向村庄走去。他的计划进展得非常顺利。

第一章

“杰克，你能把后备厢里那几袋橙子拿过来吗？”杰克的妈妈喊道。

今天是中国的农历新年，他们一家刚开车抵达华人社区中心，来参加这里的新年聚会。聚会活动热闹丰富，会有很多家庭分享他们带来的美食，会有人讲故事，甚至还有舞狮表演。杰克打心底里高兴——农历新年的除夕夜是他一年中最喜欢的时刻之一。他喜欢吃各种美味的中国食物。最让他期待的是庆祝活动的高潮，大家聚在一起放鞭炮，然后杰克和其他孩子都会收到

红包。这个传统可以说是杰克的最爱。杰克心想，天底下谁不想要一个装满钱的信封呢！他希望能存够钱，买一个新的电脑游戏。

“杰克！”妈妈又喊了一声，有点儿不耐烦。

杰克立刻冲过去帮忙。在碧玉王国，他是猛虎勇士，一个伟大的少年英雄，身上肩负着保护那个魔法世界的使命。但回到他所在的世界，他只是一个普通的男孩，妈妈期待着他能帮忙搬东西。

“房间很干净，我买了装饰品和鞭炮……”妈妈自言自语道。尽管妈妈不是中国人，但她始终尽自己最大的努力让杰克了解中国传统，了解杰克的爸爸朱龙庆祝过的传统节日。现在他的爸爸已经去世了，就只能由妈妈和爷爷来帮助杰克了解他所继承的中华文化。

一直以来，当爷爷给杰克讲述中国古老的神话和传说时，杰克认为爷爷只是单纯地想教他，但实际上爷爷藏着一个神奇的秘密：他在培养杰克，为杰克成为下一任猛虎勇士，继承爷爷和爸爸的衣钵做准备。

猛虎勇士是碧玉王国的守护者，那是一个充满魔法的神奇世界。爷爷传给了他一枚玉之币，里面汇聚了十二生肖神兽的力量。杰克的使命就是利用生肖神兽的魔法能力来保护碧玉王国。

杰克把几袋橙子放在桌子上，正打算回车子那里去拿其他东西，这时爷爷从侧门走了进来。他的神情看起来有些异样，似乎急切地想告诉杰克些什么。爷爷快步朝杰克走来，不料，妈妈先一步来到了杰克面前，把一叠折好的方形材料往杰克手里一扔。

“谢谢你啦，小伙子。现在能请你帮个忙吗？把这些红色台布给吴太太送过去。她在那边，正往门上贴春联呢。”妈妈面带微笑地说道，又转身走到房间角落里，帮待会儿讲故事的人布置东西。那是在银行工作的叶先生，他今天打扮成了灶王爷的样子，戴着假胡子，在裤子外面罩了一件红色长袍。杰克正拿着东西给吴太太送去，爷爷一个箭步追上了他。

“杰克，我需要和你谈谈……”爷爷的眼神很奇怪。

“您等一下，爷爷。”杰克边说边走向吴太太，把桌布递给她。爷爷紧跟在杰克后面，但他还没来得及说什么，妈妈又出现了，把杰克带到一个垫子上坐下，周围是一些年龄较小的孩子，全都在等着叶先生讲故事。

然而，杰克一点儿也不想坐在这儿，他迫不及待地想去吃叶太太包的饺子，那种白白的饺子，里面包着肉和蔬菜的馅儿。一想到这儿，杰克的口水都快流下来了。饺子是杰克最喜欢的食物，也是财富的象征。在庆祝中国农历新年的时候，饺子吃起来尤其美味。去年这个时候，他来得太晚了，才吃了一个饺子，剩下的就被一抢而空了。另一家带来了一整条鱼，上面点缀着葱和姜丝，还有一家端来了一大碗长长的金黄色面条，象征着长寿。此时杰克心痒难耐，想要去品尝各家带来的美食，但他妈妈总有一连串的想法，一直在给他安排活儿。与此同时，爷爷就像一只苍蝇似的，在杰克身边转来转去。杰克觉得很奇怪，为什么爷爷总是跟着他，而不像往常那样，去和社区中心的其他成员聊天儿。

“我需要和你谈谈。”爷爷忍不住又开口了。

“故事就要开始了！”妈妈冲爷爷打手势，嘘了一声，示意他不要说话。

在布置好的故事角，叶先生绘声绘色地讲起了故事。杰克每年都会听这些神话故事，但有一个故事至今仍让他不寒而栗。只听叶先生娓娓道来：“在农历新年除夕夜，长着狮子般脑袋的巨大怪兽‘年’会出现。村民们用一种叫作‘春联’的红色条幅来装饰他们的房子。每个人手头都准备了锅碗瓢盆，一旦年兽出现，就一起大力敲打，发出震耳欲聋的声音，把年兽吓跑。因为如果你不这么做……如果你不相信它会来……它就可能会来找你！”

话音未落，叶先生大吼一声，把在座的孩子们吓了一跳，他们全都惊慌失措地跳起来。杰克也被吓得跳了起来，但他希望没人注意到他也这么胆小。

叶先生的声音又响起来：“然后在晚上的时候，那怪兽会悄悄地溜进村子里，它头上的角锋利无比，碰到的人会立刻丧命。年兽会寻找那些没有贴红色春联，没有丁零当啷敲击声的房子……它的肚子饿得咕咕叫……它的尖牙上滴着口水！它会吞掉小孩子，越小的孩子口感越好。年兽长着无比锋利的牙齿和威风有力的爪子。如果你运气差，正好被它撞见，咔嚓一声，你就会被咬成两段，然后被它一口吞下去！”

说罢，叶先生突然就在人群中跑来跑去，一直拍着双手，啪啪作响，孩子们又被吓得从垫子上跳了起来。有些小孩子遮住了眼睛，不敢看。另几个孩子在房间里尖叫着乱窜。还有一个孩子被吓哭了，跑着去找妈妈。

杰克感到一股寒意顺着他的脊柱往上爬，顿时毛骨悚然。尽管年兽只是出现在神话故事中，但它总是让杰克心生不安。要么是叶先生真的很会讲故事，要么就是杰克没有他自己认为的那么强大。之前，他和拥有魔法的怪兽真刀真枪地较量过，而且他还战胜了冰龙。如此说来，一个小小的虚构故事不应该让他感到这般恐惧！但杰克总觉得不对劲。

突然，一只瘦骨嶙峋的手抓住杰克的肩膀，杰克吓得尖叫起来：“啊！”

身后传来熟悉的笑声。原来是爷爷，杰克松了一口气。

“原来是您啊，爷爷，吓我一跳，我以为是……”杰克说道，“……呃……算了，没什么。”他不想让爷爷知道他竟然害怕那故事里的年兽，否则的话，爷爷肯定会一直笑话他！

“是年兽，对吗？你害怕年兽吗？”爷爷问道，他的眼睛睁得大大的，像是知道杰克的心思。然而，令杰克吃惊的是，爷爷没有笑话他，反而点了点头：“你害怕年兽，这是应该的。这也正是我想跟你谈的事——非常要紧的事！”

杰克倒吸一口气：“年兽不可能真实存在。绝不可能！这只是一个古老的神话故事，就是您在中国农历新年的时候常给我讲的那个故事。难道不是吗？”杰克急切地问道。

爷爷摇了摇头：“我还以为你学得很快呢，我的孩子。我之前给你讲的那些神话故事，都是有现实依据的。年兽这个也不例外。”

杰克心中明白，作为新一任的猛虎勇士，他的使命就是保护玉帝的碧玉王国，阻止那些邪恶的恶魔和恐怖怪物占领它。他曾经和可以变身成凤凰的丽公主几次并肩作战，现在对杰克来说，凤凰没那么神秘了。但是至今为止，那些神话故事中的奇异生物都不像年兽传说那样，让他极度恐惧。

“那么，您现在是在告诉我……年兽……是真实存在的吗？”杰克开口问道，但他丝毫不想听到答案，因为他心里已经猜到答案了。

只见爷爷郑重其事地点点头：“是的，年兽是真实存在的。今晚，它就要来碧玉王国了，它每年这个时候都会去袭击村民——要阻止它，就只能靠你了！”

第二章

房间内一派热闹景象，家长们把哭闹的孩子聚在一起，低声安慰。叶先生看着这场景，不由捧腹大笑。杰克跟着爷爷向门口走去，就在这时，妈妈的声音响了起来：“你们俩要去哪儿？我们就要开饭了。”

爷爷转头，一脸无辜地看着她，若无其事地说道：“哦，我们只是要去车里再拿一些……呃……”

“……装饰。”杰克赶紧补充道。

“那好吧，但不要去太久，否则食物凉了就不好吃了——你可不想重蹈覆辙，像去年那样错过饺子大餐吧。”杰克的妈妈笑着说。杰克心想他绝对不会再错过美味的饺子。值得庆幸的是，在碧玉王国，时间的流逝速度要比他所在的世界快很多，所以在美食被一扫而光之前，他非常有希望能及时赶回来。杰克和爷爷往门外走着，心里七上八下的。他不知道这种感觉是因为想到可能要错过饺子而饿得难受，还是因为要面对年兽这样可怕的怪兽而紧张。

“好吧，现在让我们来看看碧玉王国发生了什么。”爷爷说道。杰克点了点头，从口袋里掏出玉之币。玉之币触感冰凉，上面雕刻着的十二生肖神兽形象熠熠生辉。杰克环顾四周，确认外面除了他和爷爷之外没有其他人。如果他们所做的事被人撞个正着，就很难解释清楚了。

杰克把玉之币抛向空中，大喊一声：“碧玉王国！”玉之币在空中转了一圈儿又一圈儿，随后打开了他们熟悉的圆形入口，通过入口，就可以进入神奇的碧玉王国。入口边缘光芒闪烁，变得越来越大，直到能让杰克走过去。

爷爷和杰克凝视着巨大的螺旋光圈，在光圈另一边的碧玉王国，街道上张灯结彩，挤满了观看舞蹈和杂技表演的人——那里的除夕夜庆祝活动盛大无比，也更加令人兴奋！

“祝你好运，万事小心！”爷爷拍着杰克的背，语重心长地叮嘱他。

“我会赶回来吃饺子的！”杰克挤出一丝笑容，尽量让自己放轻松，“如果我没被年兽一口吞掉的话……”后半句话刚到嘴边又咽了回去，他不想让爷爷为他担心。

杰克抬脚走进光圈，

嗖的一声，光圈入口关闭了。宁静的停车场消失了，现在他周围是人群热闹的谈话声和锅碗瓢盆的撞击声。

杰克来到了碧玉王国，放眼望去，到处都是农历新年的红色装饰，人群熙熙攘攘，洋溢着节日的喜气。每扇门上都贴着红色和金色的春联，街道两旁的柱子上挂满了红色灯笼。鼓手们欢快地敲打着大圆鼓，人们在自家小巷里开心地放鞭炮。

街市里的摊位上摆着各式各样的美食，人们可以随心挑选——有年糕、油条、糖葫芦等等。市场周围，还有几群孩子在开心地玩耍，有几个在一起踢一颗光滑的石球，一对兄妹在摊位间躲来躲去玩儿捉迷藏，还有三个孩子正坐着看皮影戏。

正当杰克兴致勃勃地看着眼前的一切时，一群舞者出现在了街道上。他们身穿华丽的丝绸服装，打扮成年兽的样子，伴着鼓声起舞。这个打扮鲜艳的像狮子一样的家伙看上去没有一点儿危害，只见它向高处爬去，抓住了一棵生菜，然后又把它撕烂，把叶子扔得到处都是。地面上的孩子们欢笑着跑来跑去，生怕被那跳着舞的年兽抓住。

在这一片热闹非凡、充满欢乐的情景中，杰克嗅到了一丝紧张的气息。他发觉在场所有父母的视线都没离开过他们的孩子，虽然他们脸上挂着笑容，但是眼睛却充满了警惕。

杰克掏出玉之币。“十二生肖！”他大喊一声。刹那间，他的十二个伙伴——十二生肖神兽，齐聚在他身边，每一个周围都闪烁着神奇的力量。卯兔一出来就立刻躲到杰克的腿后面，避开人群，不敢听那震耳欲聋的鞭炮声和鼓声。杰克把他抱起来，轻轻地抚摸他毛茸茸的脑袋。

“没关系，他们不会伤害你的。”他把卯兔放回到地面上。

戌狗激动地摇着尾巴，目不转睛地盯着周围的庆祝活动。

“这个盛会简直太棒了！”戌狗说道，“嘿，亥猪，你可不要把食物全都吃光了，记得给我们留点儿。今晚长夜漫漫，我们还有大事要做呢，需要时刻保持头脑清醒。”

“哈哈哈……那现在就赶紧填饱肚子，这才是头等

大事。”亥猪欢乐地说道，“啊，快瞧！那边有香葱煎饼！”话音刚落，亥猪哼哼着朝那个摊位跑去。

杰克环顾四周，寻找未羊，未羊是有心灵感应能力的神兽。“嘿，未羊……”

“我在这儿呢，我知道，我知道……你想要我给丽公主送个信儿。来，把你的手放在我背上。”杰克按照未羊说的做了。虽然他现在还不是很擅长使用未羊的力量，但他努力试着排除杂念，集中精神。“丽！请来集市见我。”他脑中想着，希望能把信息传递出去。

巳蛇扭动着身体爬上杰克的腿，来到了他的肩膀上，轻声说道：“每年的农历新年，我们都会来这里，帮人们击退年兽。你的父亲每次都能出色地完成使命，保护人们不受到年兽的伤害。”说着，巳蛇的表情透出了一丝伤感。杰克听到爸爸的事迹，心中同样伤感。不久之前，他发现自己还有另一重身份，那就是猛虎勇士，也发现了他的爸爸朱龙是被龙王杀死的，现在龙王不仅是玉帝的敌人，也同样是他的敌人。他的爸爸牺牲后，爷爷又不畏艰难地扛起了猛虎勇士的使命，现在这个使命落到了杰克身上。爷爷已经年迈，应该安享晚年，不应该再去做这些会有生命危险的事情了。

想到这里，杰克深吸了一口气。现在轮到他和生肖神兽们一起保护碧玉王国子民的安全了。

“说到朱龙，杰克，快过来！”亥猪兴奋地喊道，“这些小小的红豆沙包是你爸爸的最爱。来，快尝尝。”杰克从摊位上拿起一个豆沙包，咬了一口——很好吃，不是太甜。

“好吃！”杰克说罢，擦了擦嘴。能够在这里尝到爸爸当年喜欢的食物，这种感觉很温暖。然而，他愉悦的享受很快就被打断了。只见人们都仰头看向天空，手指着什么东西。杰克和生肖神兽们也急忙抬头，看看发生了什么事。

天空中，一个模糊的身影从头顶飞过。见此情景，杰克的手不由自主地伸向口袋里的玉之币，时刻准备战斗。但当那身影的翅膀张开，向地面飞来的时候，杰克认出来了，那是以凤凰形态出现的丽公主！随后，她双脚触地，摇身一变，那里站着的就成了身穿红金两色旗袍的丽公主。她开心地跑过来，和杰克击了一下掌。

“你能来这儿，我真高兴！你会爱上碧玉王国的农

历新年的。”

“我也很高兴能来到这里。”杰克回答，心里仍然有点儿不安。爷爷和十二生肖神兽告诉他的话一直萦绕在他心头。他来这里的使命是击退年兽，保护碧玉王国的子民。这么重大的任务落在他的肩上，他又怎么能安心享受节日盛会呢？

“玉帝在哪里？”杰克问道。

“我父亲此刻在天宫里，所以现在这里由我负责。希望不会遇到什么麻烦，这样我们就可以好好享受节日盛宴了。我们这里的人们都知道如何吓跑年兽：红色的东西和响亮的声音。我已经在全村各处都贴上了红色的东西，挂上了红色装饰，每个人都知道要尽可能地制造响亮的声音。”

“我们也是来帮忙的！”戌狗补充道。其他神兽纷纷点头表示赞同。杰克望着生肖神兽们。此时他们泰然自若，随时准备行动。除了亥猪，他在一个又一个摊位间穿行，品尝了很多美味的食物。

“放松点儿，杰克！我已经全部安排好了。”丽哈哈大笑，“玩儿得开心点儿！一切都会平安顺利的。几个世纪以来，年兽每年都会来攻击我们，我们每次都能吓跑它。”

突然间，不知发生了什么事，好像停电了一样，周围陷入一片漆黑。灯笼里面的火光都熄灭了。村民们害怕得尖叫起来，互相推搡着，往集市外面蜂拥而去。到处嘶啦作响，仔细一听，那是撕纸的声音。

“驱赶年兽的装饰品都被撕碎了！”人群中响起了喊声。

“现在我们该怎么办？”杰克急切地问道。他不知道在这一片黑暗当中他们能做些什么。卯兔卧在他的腿旁边，身体不停地颤抖。

“糟糕，”未羊说道，“我有一种不祥的预感。”

突然，一道闪光划破了天空。集市里响起了一个熟悉的声音。

“新年盛会到此为止！”龙王大声宣布，“今晚，年兽要饱餐一顿！”

第三章

前一刻还人声鼎沸的集市，现在陷入了一片黑暗之中。

“哎哟！”亥猪哼了一声，“什么东西打中了我的蹄子。”

“我们现在需要一些亮光。”杰克凝视着夜色中这一片混乱。每个人都惊慌失措，向各自家里飞奔而去。周围的一切都被黑暗笼罩，异常安静，集市中落针可闻，这场景让人背后发凉。杰克一直紧绷着神经，环顾四周，他看见一个老妇人跑了过来，手里抓着一根蜡烛。

她的嘴巴张得大大的，奇怪的是，竟然几乎听不到她的声音。原本应该是恐惧的叫喊声，此时此刻却像是低声的耳语。

杰克察觉到异样，也试着朝丽喊了一声，但他的喉咙似乎也有些不对劲。他本来是用力呼喊，但口中发出的声音却像是小声耳语。这一切就像是有人把这个世界的音量调低了。

“寅虎！”杰克一声令下。尽管他的声音很低，几乎听不清，但是寅虎仍然听见了杰克的召唤，立刻来到了他的身边。“我们需要制造一些火球来照亮天空——用这样的方法，至少我们能看到我们的敌人。”杰克说着，努力让寅虎听见他的声音。他把手放在寅虎的背上。寅虎凝聚力量，向夜空发射了几个巨大的火球，瞬间照亮了黑暗的村庄。火球就像照明弹似的，杰克终于看清了村庄里的情景。许多村民蜷缩在角落里瑟瑟发抖，也有许多人在黑暗中逃走了。

杰克和生肖神兽看到了丽，她正在扶起一位老人。他们立刻跑过去和她会合。

杰克的声音小得出奇 ：“为什么我的声音会变成这样？”杰克把手放在喉咙上，一脸担心。

丽也是一样的情况，几乎说不出话，她努力地说道：“是黑魔法——这一切又是龙王搞的鬼，我想是他对我们施了咒语，让我们说不出话，保持安静。因为年兽害怕巨大的响声，所以龙王就让我们大家变得像老鼠一样，只能小声说话。”

“但是我们仍然可以制造声音啊，那边有鼓，我们可以敲鼓把年兽赶跑。”申猴提议。

丽赞同地点了点头，跑到刚刚鼓手们扔下乐器的地方。但丽刚抬起双手准备敲鼓，龙王就出现在了附近的屋顶上。这么近距离见到龙王，想到他杀死了自己的爸爸，杰克心中怒火翻腾。

只见龙王手中举起一颗明亮的橙色宝石，咯咯地轻声笑着，满脸得意。这时，他们发觉不管丽怎么用力敲鼓，都听不到鼓声。原来，这里的声音都被那颗宝石吸收了。盛怒之下，丽不停地敲着鼓，力气之大，把鼓都敲破了，她一把抓起破烂的鼓扔向龙王。龙王不屑地笑了笑，那鼓在他脚边被摔得粉碎，却没有发出一点儿声音。

紧接着龙王伸出手，拿着宝石碰了碰他旁边屋檐上挂着的一盏红灯笼。霎时间，那红色灯笼竟变成了黑色。丽低头看了一眼自己的裙子,裙子也变成黑色了。计谋得逞，龙王哈哈大笑，变身成了龙的样子。紧接着，那巨大的身影掠过屋顶，向远处飞去，那颗橙色宝石也被带走了。杰克和丽眼睁睁地看着这一切,却无计可施。

他们站在村子中央，环视四周。那颗神奇的橙色宝石不仅吸收了村庄里所有的红色，而且还夺走了人们的声音，让他们不能发出巨大的声响。现在这一切

太糟糕了，非常糟糕，杰克心想。红色和巨大的声响可是赶跑年兽的两个法宝，现在这两样东西他们都失去了。杰克一想到龙王和他那些邪恶的行为，愤恨之情就在体内不断地翻腾。

“我得去追上他！”杰克正要抛出玉之币召唤午马，这时一个男人向他们跑来，一直朝杰克和丽挥手，脸上尽是绝望。

“怎么了？”杰克说道，声音依然很小。

那人的话还没说出口，杰克就已经从他眼里的恐惧中，明白了即将到来的是什么。

“年兽来了！一切都太迟了！”

年兽已经张牙舞爪地进入了村庄，杰克和丽立即转过身，严阵以待。一片火光之中，年兽的尖牙闪着寒光，贪婪的眼睛瞪得大大的，似乎要吞下整个村子。杰克盯着年兽，它比想象中的更庞大，也更可怕。它头上长着两根尖利的角，看起来又长又粗，头部是亮绿色的皮毛。它张着血盆大口，里面还有四颗巨大的獠牙，让人胆战心惊。在它身后，一条长尾巴嗖嗖嗖地甩来甩去。街道上的门窗一扇一扇地全都飞快地锁紧了。人们全都躲进了屋内，街上空无一人。

杰克的神经紧绷着，手都有点儿发抖。正因为这个动作，他碰到了寅虎的皮毛，忽然灵光一现，他想到了一个主意。

“丽，寅虎发出的火球是红色的，但是刚才龙王的魔法并没有阻止火球飞向高空。我们把所有人聚集在一个地方，这样的话，就可以用火球的红光保护他们。在我们想到办法对付年兽之前，这个办法应该可以保证人们的安全。”

“好主意！那咱们现在开始行动，把所有人护送到村子的中央大厅，快。”丽急切地说道。杰克、丽和生肖神兽们分头行动，把人们引向中央大厅。杰克和寅虎在中央大厅周围布上了火焰，保证里面村民的安全。丽正要锁上大门时，一名女子跑了过来，泪流满面。

“你们得帮帮我！”她气喘吁吁地说，“我的三个孩子不见了。刚刚他们还在集市上看皮影戏，一眨眼的工夫，我怎么也找不到他们了。要是撞见了年兽，他们会被吃掉的——求你们了，你们一定要找到他们！”她声音嘶哑，绝望地说道。

就在这时，外面传来一声巨大的吼叫，大厅里的人都吓得瑟瑟发抖。一时间，杰克也浑身僵硬，背上传来一阵寒意。丽推了推他的胳膊，杰克这才回过神儿来。丽对他说："我们必须帮助那三个孩子！"

"你说得对。我们先去找他们！"杰克鼓足勇气说道。他深吸一口气，瞟了一眼与他并肩作战的丽和生肖神兽们，心中思索，不知道他们会不会看出来自己此刻心里有多害怕？

第四章

杰克凝视着他们在大厅周围布置的火把，火焰在夜色中一下一下地跳动。他们已经尽了最大的努力，让年兽不能靠近村民，但现在还有三个孩子流落在外，身边没有红色烈火可以赶跑年兽。

“快来！”丽一个箭步冲到街上，寻找那长得像狮子的年兽。

“我有个计划，”杰克说，“巳蛇，丽和我想要接近年兽，但是不能被它发现，你能帮忙吗？”

“当然了，我能帮上忙，嘶嘶嘶……”话音刚落，巳蛇就按照杰克的要求，爬上他的手臂，紧紧地缠绕起来，巳蛇此时就像一个手镯，赋予了杰克隐身的能力。杰克抓住丽的手，让丽也隐身了。他们三个听着年兽那震天的吼叫声，一路追上前去。

“在那边。”丽小声对杰克说。杰克随之望去，年兽果真就在那里。只见它突然拐了个弯，就像鬼魅似的出现了，这一幕绝对会让人晚上做噩梦，年兽还是

一如既往的可怕。

丽带领着他们悄悄地靠近年兽。一个不小心，杰克向前绊了一跤。飞快地调整好状态后，他们继续蹑手蹑脚地走着，突然间，年兽那大大的脑袋转了过来，看着他们的方向，在空中嗅了一下。难道说年兽虽然看不见他们，但能闻到他们的气味？

这一刻，杰克他们和年兽之间只有咫尺之遥，他甚至能感觉到一股扑面而来的热气，就像煮过的垃圾，奇臭无比。杰克吞了吞口水，屏住呼吸。他现在非常害怕，全身发抖，他觉得自己根本不像一个勇士，更像是家里那些听叶先生讲故事被吓坏了的孩子。但眼前的年兽是活生生的，而且距离他们那么近，他们几乎可以碰到对方的鼻子。杰克情不自禁地打了个冷战。目前他还没有完全掌握巳蛇的力量，一想到在之前的战斗中他使用隐身能力失败的场景，杰克的胳膊止不住地颤抖起来。

“杰克……”巳蛇的声音响起，她的力量渐渐地消失了。这一刻，杰克和丽暴露了。年兽正瞪着圆溜溜的眼睛怒视着他们。

一声震天的咆哮声响起，电光石火间，丽飞一般地旋转起来。杰克瞪着年兽那深不见底的血盆大口，身体僵硬，一动不动。万幸的是，丽反应灵敏，已经采取了行动。就在年兽扑向他们的一瞬间，丽跃向空中，变身成凤凰形态，布满羽毛的翅膀一挥，把杰克推远了一些，没让他遭到年兽的攻击。丽飞得很高，然后蓄势而下，直直地攻向年兽。这一下猛地把年兽撞向了旁边的一个摊位，然而年兽立刻站起身来，直面凤凰奋力地咆哮着，眼神愈发凶狠。不给年兽喘息的机会，凤凰紧接着从她的翅膀尖端发射出闪电，不断攻击年兽的身体。

杰克回过神来，跑到一辆翻倒的马车后面躲了起来，紧张得上气不接下气。他不知道自己为什么这么害怕——他在面对九尾狐，甚至面对龙王的时候都没有这种感觉。但是年兽是他童年的梦魇，此刻，关于年兽的某些东西让杰克心中充满了恐惧……他把手伸进口袋，努力想把玉之币拿出来，但他的手指非常僵硬，就像被胶粘住了似的，叮当一声，硬币掉到了地上，滚了几圈儿，竟然滚到远处，那里一片漆黑。见状，杰克拍了拍额头，心中懊悔不已。他怎么能在这么关键的时候让玉之币掉出去呢？

杰克惊慌失措地探出头去，看看丽的战况如何。在夜色中，丽非常勇敢地在和年兽正面交战，不像他这么畏首畏尾。杰克不知道自己是怎么了。他以为自己已经从无所畏惧的寅虎那里学到了勇气，但不知何故，曾经所有的训练此刻在他身上没有一点儿效果了，他现在这个样子比卯兔还紧张。

“来吧，杰克，振作起来。碧玉王国需要你。”杰克自言自语，在心底给自己打气。

凤凰又对准年兽发出了一道闪电攻击。不料，年兽闪开了，火星落在了集市的一个草堆上，瞬间蹿起了火苗。火焰烧得通红，年兽见到这一幕，凄厉地号叫起来，熊熊的火光中，年兽那狮子般的脸痛苦地扭作一团。不一会儿，红色火焰蔓延开来，年兽落荒而逃。

见此，杰克松了一口气，身体还有些颤抖。年兽暂时逃离了这里，但不知道它何时会回来。

杰克必须找到那枚珍贵的玉之币。没有玉之币，他在这里就帮不上忙。他跪在刚刚玉之币滚落的地方，用手在地上一下一下地拍着，仔细搜寻着每一处角落，想快点儿找到它。

“谢天谢地，我没有把玉之币弄丢。”他喃喃自语，因为他看到玉之币在一篮柴火旁闪着微光。

这时，丽跑了过来，她被打得鼻青脸肿。

“你怎么回事？为什么不来支援我？”丽声音嘶哑地问道，因为刚刚和年兽的大战，她的手腕正在流血。

“对不起，丽，我……呃……玉之币掉了。”杰克对自己找的这个借口感到非常内疚。他不想告诉丽，在面对年兽的时候，他没有一丁点儿勇气。

“我一个人没办法对付它。它把我打得够呛，你看，这儿，还有这儿。”丽抬起手腕，又指了指自己的腿，深深的伤口触目惊心，鲜血不断地往外流。

“等等，我可以帮你。”杰克急切地说道，“戌狗变身！”杰克变身成戌狗，打算使用戌狗的治愈之力帮丽治疗。戌狗形态的杰克把自己的爪子轻轻地放在丽的伤口上，刹那间，治愈之力的光芒涌入丽的体内。紧接着，丽的伤口就愈合了，完好如初。

“谢谢你，我已经感觉没事了。”丽说道。与此同时，杰克也变回了人形。

“至少我还能帮上一点儿忙。”杰克自言自语道。此刻，他的手还在止不住地发抖。他一屁股在井沿上坐下。丽弯腰打了一桶水，咕咚咕咚地一口气喝掉了。

“喝口水吧，杰克。这样你可以放松点儿。”午马出声安慰杰克。杰克这才意识到，在丽或者生肖神兽面前，他无法隐藏自己的感受。他们都围了过来，尽可能大声地说话，虽然由于龙王的咒语还没有消失，他们的声音仍然很小。

“对不起，丽，我没有帮你。只是年兽的故事一直让我很害怕，在现实中看到它，让我觉得……”说到此，杰克停住了，担心大家会认为他不配再当猛虎勇士，“我感到非常害怕。我知道，一个真正的勇士不应该是这样的。”

“没关系，”丽亲切地说道，“每个勇士都是不同的。”

卯兔跳到杰克身上，坐在他的腿上。“这种恐惧是不由自主的，不能怪你。”他说道。

辰龙也来到杰克身边，说道：“卯兔说得对，每个人都有害怕的时候，就连我也有！”其他生肖神兽都纷纷点头，表示同意。

“我至今记得你父亲当时和龙王的战斗，那个时候我也很害怕，那之后我竟然整整一个小时没吃东西。”亥猪的声音传来，只见他正在津津有味地吃着一个裹着糖衣的苹果，那是从旁边的货摊上滚落下来的。

一旁的酉鸡开始用喙使劲啄着井边。杰克不明所以。这时，丑牛解释道：“酉鸡是在和我们说，有一回，你爷爷在和一只善于飞行的恶魔战斗时，我们所有人都被困在一个黑暗的深洞里。我那时设法打开了一条出路，但对于酉鸡来说，那次的战斗是刻骨铭心的。”

杰克依旧觉得有些沮丧。“至少我不像卯兔那么紧张。”他开玩笑道。十二生肖神兽齐齐看向了他，杰克顿时感到有些羞愧。卯兔从他的腿上跳下来，跑到辰龙的身后躲了起来。

“卯兔可能是我们之中最胆小的，但他的力量非常强大。最显眼的生物不一定能力最强，我们不能只看表象。”辰龙郑重地说道，一番睿智的话语让杰克意识到自己的失误。

“对不起，卯兔，我不是有意的……”杰克急忙开口道歉。他觉得自己今天把一切都搞砸了。

“快点儿，我们必须找到那些失踪的孩子。”丽说道。她站了起来，看上去已经恢复了体力，伤口也一点儿都看不出来了。杰克看得出丽救人心切，想起自己刚刚畏首畏尾的样子，他觉得很羞愧。“要是我们能大声喊出来，让他们听到就好了！”丽继续说道。

“我们需要从龙王那里拿到那颗橙色的宝石。没有它，我们就没有机会战胜年兽。”杰克分析道，“生肖神兽们，你们先往四处散开，分头去找失踪的三个孩子。他们的妈妈提到过，他们之前在皮影戏摊位上。”得到杰克的命令，辰龙飞向空中，在街道上空来回穿梭找寻着孩子。申猴则爬到了附近最高的建筑上。他动作灵敏地从一串灯笼荡到另一串灯笼上，一边跳着，一边朝窗户里观望，查看孩子们在不在里面。戌狗也在挨家挨户地排查，不断地在敞开的门口嗅来嗅去。子鼠急忙钻进洞里和裂缝里，寻找着失踪孩子的踪迹。杰克在周围转来转去，尽可能大声地叫着，努力让别人听到他的声音：“孩子们，你们在哪儿？”

与此同时，丽朝着相反的方向去查看孩子的踪迹。

转过街角，杰克看到许多翻倒的货摊。他抬起来一个，想看看孩子们是不是藏在下面，结果却发现卯兔躲在里面。

“哦，是你呀，卯兔！”杰克结结巴巴地说，“刚刚说的那些话，我很抱歉。我知道你的跳跃能力非常惊人。”话音刚落，杰克意识到他从来没有见识过卯兔的跳跃能力。爷爷之前总是说卯兔会在时机成熟的时候，展示能力给他看。“事实上，现在你的能力可能会派上用场。如果我能够高高跳起，那我的视野就会更开阔，也能更快地找到那些孩子。”没想到，卯兔听了这话，又往摊位里面缩了缩。

“求你了，卯兔，我刚刚那些刻薄的话伤害了你，我真的很抱歉——我当时心里不好受，所以

拿你当挡箭牌。但此时此刻，我真的需要你的帮助。”杰克诚恳地说道。

“真正的勇敢并不是什么都不怕，”卯兔低声说道，“而是即使害怕，也还是克服一切恐惧去做，因为那是正确的事，这才是真正的勇敢。”卯兔爬了出来，蹲在杰克面前。“你可以把我抱起来。”卯兔说道。杰克小心地把手放在卯兔那毛茸茸的温暖的背上，然后把卯兔抱在怀里。卯兔在他的胳膊下不断颤抖，但是杰克感受到自己的手充满了力量，随后这股力量蔓延至整个身体，最后他的双腿被注入了满满的动力。

“现在你可以跳跃了！”卯兔说道，声音听起来很开心，似乎是因为这一刻能和杰克分享他的天赋了。杰克咧嘴一笑，两条腿同时跳了起来。他跳得又高又远，一边跳一边寻找孩子们。他现在就像一只袋鼠，可以灵活有力地跳来跳去，双腿的力量让他感觉棒极了。他的心情变好了，忘却了刚刚的烦恼，甚至差点儿忘记了自己对年兽的恐惧——直到一个身形巨大，满身鳞片的家伙在他面前转了个弯。

幸好，那是辰龙！看到杰克奋力跳跃，辰龙会心一笑。当杰克落地时，脚下的地面都在震颤，本就摇摇欲坠的建筑物被震得嘎嘎作响。

“这感觉简直太棒了！”杰克气喘吁吁地说。

“你刚刚这点儿能力和卯兔的全部力量比起来，可以说是不值一提。如果你能掌控卯兔的精神，与他合二为一，变身成卯兔的话，你就能感受到他的全部力量，跳跃的时候如同地震般强力。”

“哇！”杰克低声赞叹，随后把卯兔放下来，“你的力量太惊人了。有了它，我的腿变得如此强壮有力。”他弯下腰，轻柔地抚摸着这个小生物，“你的能力真的很惊人，我不会忘记你对我说过的话。”

卯兔竖起耳朵，听到杰克这么说，他由衷地高兴。

就在这时，杰克脑海中听到了一个熟悉的声音。那是未羊的声音，她在用心灵感应能力联系杰克。

“我找到孩子们了。”未羊的声音在他的脑海里回响,“他们就在村子东边的老米店旁边。不过要快点儿！年兽要来了！”

第五章

杰克迅速抱起卯兔，运用卯兔非凡的跳跃之力向村子东边跳去。与此同时，未羊在早已成为一片废墟的米店中四处翻找，刚刚年兽在村子里胡作非为，这里也遭了殃。

“咩……那面墙快要塌了！”未羊看到杰克跳过来，急忙提醒道。杰克定睛一看，这栋建筑被毁得面目全非，仅剩的一堵墙在一个破烂的摊位上面摇摇欲坠。

“救命啊！救救我们！”废墟下传来了非常微弱细小的声音，杰克仔细一听，那是孩子们的哭声和咳嗽声。

“有没有人啊？快来救我们！”

“别担心，我来救你们了。”杰克努力用自己最大的音量回应着。

这时，杰克瞧见丽还是凤凰形态，她在天空中高高飞过，四处张望，寻找失踪的孩子们。

“在这里！”杰克尽力大喊道，但又意识到声音太小，于是他赶忙高举双手，朝丽挥舞着，希望引起她的注意。然而，丽从他们头上快速飞过，没有注意到杰克。

“未羊，你过来一下。”杰克说着，把卯兔放了下来。他把手放在未羊的背上，感觉到她的力量涌入自己的身体。然后，他开始尝试用心灵感应能力向丽传递消息。

“丽，我需要你的帮助。孩子们被困在米店里，被一堆坍塌的石头和木板压着。我要用丑牛的力量把那些石头和木板移开，但需要你的配合。当我把那些东西举起来的时候，你得把孩子们带出来，否则那些东西会压到孩子们。请快点儿赶过来！”杰克说罢，仰望天空，他希望丽听到了自己的消息。就在他们翘首以盼的时候，只见凤凰那巨大的身影调转方向，朝着杰克他们所在的位置飞来。见到丽赶来，杰克没有浪费一分一秒，立刻展开行动。

“丑牛现身！”他召唤道，同时把玉之币抛向空中，刹那间，丑牛从玉之币的空间内出来了，杰克立刻爬到她宽阔的背上。在丽落地的瞬间，丑牛的力量翻腾着涌进了杰克的身体。此时，杰克力大无穷，他抬起那些木板和巨大的碎石，这样就能清楚地看到三个孩子。看到啦！孩子们蜷缩在那里！凤凰立刻俯下身来，

用她巨大的爪子小心翼翼地抓起每个孩子，把他们放到了安全的地方，非常及时。他们之间的配合简直天衣无缝。就在杰克离开丑牛背上的那一刻，墙壁轰的一声倒塌了，灰尘四起，他们全都变得灰头土脸。

“非常感谢你们！”年龄最大的男孩说。

“我们在躲避年兽。”其中一个女孩说道。

“但它一直追我们，想把我们抓住，结果米店就塌了。我们真的害怕极了。”年龄小一点儿的孩子继续说道。

突然，一个庞大无比的影子出现在附近的墙上——这次可不是辰龙！是年兽！它去而复返了，杀气腾腾！

“巳蛇！”杰克抛出玉之币，其他的生肖神兽瞬间都回到玉之币空间内。巳蛇缠上杰克的胳膊。然后杰克和丽让孩子们手拉手，聚在一起。他握住年龄最大的男孩的手，紧接着他们全都隐身了。但让杰克担忧的是，使用巳蛇的隐身能力让这么多人同时隐身并不容易，也持续不了很长时间。这时，年兽从他们身边走过，不停地嗅着空气中的气味，他们每个人都紧张得屏住了呼吸。

眼见年兽转过拐角离开，巳蛇长长地舒了一口气，松开了杰克的手臂。随后，他们全都出现在了原地。所有人都叹了口气，如释重负。

不料，就在杰克刚松了一口气的时候，一个声音传来，让他的后背发凉。

“嘿，年兽！”那个声音响起，“我忠实的朋友。”那是龙王的声音。

“在这里别动！”杰克低声对孩子们说。话音刚落，丽已经偷偷地走到了前面，杰克跟着她一起，躲在拐角处悄悄张望。他们看到年兽和龙王得意扬扬地站在集市中央，旁边是玉帝的雕像。

“现在让你害怕的红色装饰品没有了，村民们也挡不住你了，因为我把他们的声音夺走了，他们再也不能发出巨大的吵闹声了。村子里仅剩的一点儿红色，也起不到什么作用！”龙王指着那颗漂浮在半空中的橙色宝石，低低地笑了一声。

看着被破坏殆尽的村庄，龙王又哈哈大笑起来，露出口中锯齿般的尖牙。

“我们就快大功告成了！有了这颗宝石，那些可能

伤害你的东西已经快被我消灭得差不多了。等我们完全控制了这里，碧玉王国就任你横行了！”龙王咯咯地笑着。

听到这一切，杰克转头看着丽，只见丽的眼睛瞪得大大的。

“我们必须把那颗宝石抢过来，”丽小声说，“然后打碎它，颜色和声音就会恢复。这是我们赶走年兽唯一的办法。”

杰克点了点头。“可是我们怎样才能靠近龙王，把宝石打碎呢？”杰克问道，“要是我能完全掌握巳蛇的能力就好了，但现在我只能隐身一小会儿。”

“我有办法了！”丽说道。她跑到集市边，那里有一套巨大的年兽演出服，是表演人员之前仓皇逃跑的时候扔下的。“我们可以穿上这个假装成年兽，然后去接近龙王，一旦看到宝石，咱们就去抢过来。”

“听起来好像是我们目前唯一可行的计划了。”杰克说道，“算我一个。”

“我们也加入。”三个孩子齐声说道。

“十二生肖！”杰克一声令下。一瞬间，生肖神兽齐聚在杰克身边，杰克言简意赅地和他们讲清楚了现在的计划。

“龙王没那么好骗，他才不会相信那堆破烂儿是年兽！”戌狗吠叫一声。

“我可以帮忙。”未羊主动站出来。

年兽演出服又大又长。杰克、丽、孩子们和生肖神兽们全都挤了进去。

“现在我们只需要让真正的年兽离开这里，”丽说道，“申猴，你能制造些状况，吸引年兽的注意吗？”申猴点点头，飞快地跑开了。几秒过后，集市的另一边发出了刺眼的亮光。

龙王朝年兽点头示意，年兽即刻前去调查。见到真正的年兽消失在视线当中，杰克他们假扮的年兽准备登场了。

“小心点儿！你踩到我的蹄子了！”未羊咕哝一声。

“我只是想往前一点儿。”子鼠吱吱地叫了几声。

“嘘！！！大家尽量跟上前面的人，保持队形！”杰克嘱咐道，他心中也不确定这个办法是否可行。

“我们现在看起来就像是一只肚子里装满了动物的年兽。”戌狗咯咯地笑着说。其他神兽都被逗笑了。

然而杰克丝毫笑不出来，他心底有一种不安的感觉，那种从小害怕年兽的恐惧感又回来了。他太过紧张，额头渗出汗珠，肚子抽动得难受，双手也在不停地颤抖。这时，假扮的年兽转过拐角，来到了龙王面前。

杰克把手放在未羊的身上，心中默念“我是年兽”。

杰克聚精会神，竭尽全力想把这个想法投射到龙王的脑海中，让龙王相信他看到的就是真正的年兽。

龙王看了看眼前的年兽，一脸困惑。

“我是年兽,我是年兽。”杰克越发集中精力地想着。

然而，龙王摇了摇头，皱起了眉头。

未羊在杰克耳边低声提醒：“他怀疑我们了。我们现在就得去拿宝石！”

电光石火间，大家全都采取了行动。

丽从演出服下面快速地伸出手来。与此同时，杰克脱掉演出服，飞快拿出玉之币。“寅虎变身！”杰克低喝一声。他腾空而起，巨大的虎爪稳稳地落在地上，直面他的头号敌人——龙王。

丽从天空俯冲而下,想去拿橙色宝石,但为时已晚。龙王已经将宝石收在了爪子里。龙王用另一只强壮有力的爪子钳制住了丽，紧接着就将她重重地摔到了地上。一落地，丽变回了人形，在龙王的大脚旁边显得格外渺小。她痛苦地呻吟了一声，已经没有力气站起来了。见此，龙王残忍地笑了一声，转身斜眼看了看那年兽演出服，三个孩子还躲在里面。

“哈哈哈！鲜嫩多汁的小孩子，非常适合让年兽饱餐一顿！”

三个孩子立刻害怕得尖叫起来。

“别动他们！”杰克怒吼一声。他能感觉到自己背上的每一根毛发都竖了起来，身体里的每一根血管都在颤动。

“啊，正好赶上吃晚饭！这里有一顿丰盛的新年大餐！”龙王朝杰克身后说着，此时，杰克背后升起一阵凉意，一个令他胆战心惊的身影出现在他身后。

第六章

杰克扭头，看见年兽张着血盆大口，锋利的牙齿闪着寒光，饥饿的口水不断往外流，正迈步朝三个孩子走去。

杰克紧张地咽了一下口水，但他心里无比清楚，他必须得做点儿什么。他站在龙王和年兽面前，他的老虎尾巴被吓得不停发抖。他的肚子里也在上下翻腾，整个身体不由自主地开始颤抖起来，脑海中出现了他第一次见到龙的情景。他害怕得想跑开，躲到一个干草堆后面去，然而，他看到了十二生肖神兽。卯兔紧张地用他的长脚轻拍着地面，猛然间，杰克想起了卯兔之前说过的话。

恐惧并不可怕。在恐惧的时候，并不是要想尽办法摆脱恐惧，而是要利用心中的恐惧去做正确的事。如果此时他逃跑了，那么这里的所有人都会遭殃——年兽和龙王的如意算盘就得逞了。不能这样！他可以做到的，带着这种恐惧去战斗。

卯兔跳到杰克的肩膀上，对着杰克耳语。

“你能做到的，杰克！我相信你。你很勇敢。”卯兔说。

“像兔子一样勇敢。”杰克说着，转头看着卯兔。的确，他现在很害怕，但他决不能让年兽赢。为了孩子们，为了他的朋友，为了整个碧玉王国，他会勇敢战斗，即使他的身体依然还因为害怕而不断颤抖。卯兔点了点头，这时杰克忽然有了一种熟悉的感觉，那是他之前完成寅虎变身和戌狗变身时的感觉，当他真正地领会到一个生肖神兽的精神，就能和神兽完完全全地身心合一了。

杰克心领神会，奋力喊道：“卯兔变身！”话音刚落，杰克已经完全变成了兔子的形态。一股强劲的力量涌进了他的身体，他终于和卯兔合体了。

下一秒，杰克不假思索地跳到年兽的背上，避开了它头上巨大的尖角。年兽毛茸茸的鬃毛闻起来很臭，像臭脚丫和下水道的味道。

“快跑！”杰克对孩子们喊道。

三个孩子飞快地跑开，很快逃离了战场，躲到一辆翻倒的马车下面。他们瞪着圆溜溜的眼睛，透过木头的缝隙观望着。

杰克瞥了一眼，发现最小的那个孩子很勇敢，她把头探出来，想看得更清楚些。她哥哥拽了她一把，让她重新躲回马车下面。

杰克用他毛茸茸的长脚使劲拍打年兽的脑袋。他用力撕扯着年兽那如干草般的黄色鬃毛。在杰克的一连串攻击下，年兽来回转身，张着嘴巴撕咬着，一会儿试图用巨大的角刺伤杰克，一会儿又尝试用锯齿般的牙齿撕碎杰克。

但是杰克的速度快得让人眼花缭乱。他跳上跳下，用他强壮的兔脚不断攻击年兽，让年兽头痛不已。只见

年兽猛地转身，就像拍背上的苍蝇一样，重重地拍向杰克，杰克反应灵敏，一下跳开了。年兽愤怒地咆哮着，向周围胡乱地猛撞了几下。几个回合下来，它变得有些沮丧和疲惫。年兽一圈儿又一圈儿地快速奔跑着，就像竞技场上的一只机械公牛，左摇右晃，试图抓住那只让它头晕目眩，在它头上跳来跳去的小兔子。

杰克知道他可以一直这样跳来跳去——卯兔这如地震般的跳跃能力是无穷无尽的。年兽被杰克迷惑得团团转，那巨大的脑袋活脱脱就像是洗衣机的滚筒一样，不停地转啊转。它的眼睛早已跟不上杰克的速度，有些滑稽地四处乱看。终于，年兽体力不支，倒向一旁，不料被自己长长的尾巴绊倒，扑通一声，撞向了玉帝的雕像。干得漂亮！

杰克纵身一跃，落到地上，准备再次迎战

年兽，没想到年兽瘫倒在地，已经失去了知觉。他竟然打败了年兽！然而，杰克还没来得及庆祝，广场上就传来一阵嘲弄的笑声。

杰克转过身来，看着龙王，心中怒火翻腾。这是他向龙王彻底复仇的机会。杰克从未忘记过是谁杀死了自己的爸爸，又是谁伤害了自己的朋友。他瞥了一眼躺在地上身受重伤的丽，他非常想过去帮她，但当务之急是打败龙王，让他付出应有的代价。

杰克站在龙王面前，直面他最大的敌人。然而，龙王只是把头往后一仰，轻蔑地笑了起来，露出了锋利无比的牙齿。

“一只小小的兔子也妄想打败本王，简直是不自量力。快滚回你的窝里去！”

杰克的鼻子抽动几下，心中异常愤怒。龙王竟敢这样对他说话！竟敢这样藐视他的生肖神兽！杰克当即蹬起后腿，用尽全力，使用卯兔的跳跃能力往空中跳去。在跳起的过程中，他能感觉到在自己毛茸茸的、小小的身体里，能量在源源不断地积聚。“看看谁才是不自量力！”杰克一边想着，一边使劲往地面撞去。这一跳，地动山摇！

当他的脚落地时，大地颤抖起来。路面开始晃动起来，一条巨大的裂缝出现在杰克脚下，紧接着，整个广场的地面

都裂开了。裂缝越来越大，很快龙王脚下也出现了一个裂缝。

这时，凤凰挣脱了龙王的魔爪，张开翅膀飞向了夜空中。与此同时，龙王脚下的地面像是被融化般，瞬间消失了，他直直地掉了下去。地面隆隆作响，摇晃得更厉害了。杰克探出身子，看到龙王正抓着一小块岩壁，苦苦挣扎着。龙王试图用他的长指甲勾住岩壁爬上来，但没有用。他的手不断地顺着岩壁向下滑，身体也快速地向下坠落。

“我会回来的！！！”龙王尖叫着掉进了万丈深渊，爪子上还钩着一块土。

第七章

杰克轻巧地一跃，跳过裂缝，向丽身边冲去。丽正努力坐起身来，有些头晕目眩，她摇了摇脑袋，想要看清眼前的战况。

“我没事。”看见眼前的杰克，她喘着气说道，“你做到了，杰克！”

杰克笑着，伸手拉起丽。“我们还得对付年兽。”他冲着年兽的方向扬了扬头，年兽依旧昏迷不醒地躺在地上。在集市的角落里，孩子们如释重负，欢天喜地地围着年兽跳来跳去。

“太好了，我们赢了！”其中一个说道，他的声音仍然很小。他望向他的两个妹妹，摸了摸自己的喉咙：“但我们还是不能大声喊叫！”

“这一切还没有结束。”丽说道，“下一步，我们需要粉碎那颗橙色宝石，因为是那颗宝石偷走了这个世界的红色，带走了我们响亮的声音。”

“我会把那颗宝石彻底打碎！”杰克坚定地说道。

丽旋转几圈儿，变身成凤凰形态，张开翅膀挡在孩子们面前。

“我会保护孩子们的，杰克。你放手去做吧！”丽催促道。

杰克仍然保持着卯兔的形态，他越过裂缝，跳回到刚刚龙王所在的位置，看到那颗橙色宝石仍然悬浮在空中。他全力一跳，跃到空中，用尽全身力气把宝石砸向地面，砰的一声，宝石被重重地摔到了地上。随后地面震动起来，一声巨响传来，就像打雷一样震耳欲聋。

宝石碎成无数个碎片，散落在各处。

“你听到了吗？”丽大声喊道，“是声音！村子里又有声音了！”

“我们又可以放声大笑了。”一个孩子说道，咧开嘴笑了。

“我们也可以大声喊叫了！”最小的那个孩子一边叫道，一边在凤凰的身边探出头来看。丽把孩子们从她身后领了出来，然后变回了人形。与此同时，她的衣服又恢复成了鲜红色。他们抬眼望去，红色就像一股色彩的波浪，蜿蜒地流淌回村庄里，重新覆盖到每个建筑物和招牌上面。那些没有被破坏的装饰品又恢复了鲜艳的红色和灿烂的金色。灯笼又重新亮起来了，吱呀吱呀地在绳子上摇晃，给夜空点缀上了色彩。见到一切恢复正常，孩子们全都兴奋地拍手欢呼起来。突然，啪的一声，村子中央大厅的门打开了，人群涌向广场，喧闹声响起，气氛又热闹起来了。

杰克变回了人形。他低头一看，自己毛茸茸的兔脚已经不见了，取而代之的是红白相间的运动鞋。紧接着，他把头向后一仰，大声喊道：“哇喃！”能够大声喊出来，这感觉真是棒极了。

就在这时，年兽似乎恢复了知觉，开始有了动静。它只被打晕了一小会儿。只见它头上的角往上抬了抬，四肢开始挣扎着站起来，可怕的脑袋摇晃着，试图摆脱眩晕的感觉。

“来吧，现在我们可以把年兽吓跑了！这将是有史以来最盛大的农历新年庆祝活动！”杰克气势高昂地喊道，说罢，他从地上捡起一个被丢弃的鼓。咚咚咚……

杰克用鼓槌用力地敲打着鼓面。孩子们也随手拿起可以制造声音的东西。村民们成群结队，缓缓地在街道上行进，一时间，掌声、欢呼声、口哨声和锣鼓声争相呼应，气势浩大。千千万万的声音汇集在一起，把年兽吓破了胆，只见它痛苦地咆哮一声，站起来，开始往村口方向跑去。杰克和丽走在队伍最前面，他们带领村民一起高声呼喊，制造响声，把年兽往村外赶。声音越来越大，震耳欲聋，年兽忍受不住，转身夹着尾巴跑进了浓浓夜色当中。一见到年兽被赶跑了，村民们相拥祝贺，欢呼起来。虽然这一年的农历新年让他们胆战心惊，庆祝活动一波三折，但是他们共同渡过了难关，更加团结，并且心存感激。人群中，杰克看见被救的三个孩子跑向他们的父母，他们的妈妈伸出手紧紧地抱住了他们。

“孩子们，我真的很担心你们。”那位母亲语气温柔地说道。“非常感谢你们救了我的孩子。”她对丽和杰克说。

“不客气。”丽回答道。

刚刚因为年兽的袭击而走散的人们再次聚集在集

市上，互相拥抱，互相安慰。这将是一个令人难忘的夜晚。杰克想，真是千钧一发啊，还好他及时接受召唤过来了。

“年兽明年还会回来。”丽看着杰克说。

“但我们会做好准备迎接他的！”杰克笑着说，“即使我们很害怕他。”

话音刚落，十二生肖神兽出现了，点了点头。杰克、丽和生肖神兽们聚集在地面裂开的大裂缝周围。

“看看你把这儿弄得一团糟。”戌狗开玩笑地说道，“我们以后不能带你出去了，杰克！你的破坏力太大了！”戌狗大笑几声。

酉鸡在裂缝边上昂首阔步地走着，眼看就要掉下去，杰克飞快地一把抓住了他：“快停下，酉鸡，看你在往哪儿走，如果我不抓住你的话，你就要和龙王会合了——在下面会合！”

卯兔绕了一圈儿，害羞地走到神兽们前面。

“卯兔，你做得很好。”辰龙说道。听到辰龙的肯定，杰克想知道卯兔是不是脸红了，即使他满身灰色皮毛，什么也看不出来。

“是啊，卯兔，你的跳跃能力简直太棒了！”申猴一面赞赏地说道，一面抓着灯笼杆子荡来荡去。

“那地上这个大裂缝，该怎么办？”丑牛慢吞吞地问道。

“别担心，等我父亲从天宫回来，我会请他解决的。”丽说道，“他弹指之间就能修好。”

“你觉得龙王彻底被我们击退了吗？”杰克问出这个问题，想知道自己究竟是否为父亲报了仇。

“我觉得不太可能。他可能在我们不防备的时候，已经悄悄进入了另一个世界。”丽郑重地说道，“我敢肯定，他还会卷土重来，当他回来的时候，我们会做好万全的准备，到时候一定把他打得落花流水！”说罢，丽伸出手，想和杰克击掌。杰克愉快地伸出手回应。

“到那时，我们也会严阵以待的。”辰龙说道。其他生肖神兽也都点头表示同意。

“让我们一起享受庆典吧！”杰克欢呼一声。放眼望去，村民们已经开始了庆祝晚会，街上到处都是喜庆欢腾的音乐。孩子们甚至拿起了年兽的演出服，装扮成年兽，呼朋唤友，兴奋地互相转告刚才发生的事情。

摊位也都重新支起来了，庆祝活动又恢复如常。

“谢谢你，杰克，非常感谢！”丽环顾四周，说道。

“不用客气。我可是猛虎勇士，这是我的职责。”杰克说道，“过了今晚，我相信自己会成为更勇敢的猛虎勇士。因为面对年兽，我没有退缩，我勇敢地战胜了它，从今往后，我能勇敢地面对任何敌人了！”

杰克要离开了，村民们全都向他挥手告别，目光中充满了感激与不舍。杰克把这一切看在眼里，抬起手挥了挥，接着把玉之币抛向空中。“回家！”他大喊一声。连接两个世界的光圈入口打开了，终于可以回家了！杰克知道，虽然他在碧玉王国待了这么久，但回到他所在的世界，时间几乎还停留在他离开的那一刻，所以他还可以吃到美味的饺子。一想到热气腾腾的饺子，杰克的肚子立刻咕咕地叫起来。他刚踏进入口，就看见爷爷依旧站在他离开时的位置。爷爷见到他，飞快地冲了过来。

“你没事吧？”他把杰克脸上的头发轻柔地拨开，仔细检查杰克有没有受伤，“你这次去碧玉王国，我很担心。因为你从小就害怕年兽，它可以说是你的梦魇。但是，你是这个世界上唯一能和它对抗的人。”说罢，爷爷把胳膊搭在杰克的肩膀上，一边拥着杰克往屋里走，一边催促道：“快给我讲讲！”杰克欣然一笑，娓娓道来。

“年兽身形巨大无比！比我之前在故事里听到的大得多，估计是丑牛的三倍大。可您从来没有提过年兽的气味——它真的太臭了！连它身上的鬃毛都是臭烘烘的！”杰克绘声绘色地说着，“我完成了卯兔变身，以卯兔的形态跳到了年兽的脑袋上，用尽全力拍打它，但它丝毫拿我没办法，因为我的身形小，速度也快。”

“啊，是这样！不错，不错！别因为卯兔身形小，不起眼，就小瞧他。我还记得我第一次使用那如地震般的跳跃能力时，是在对抗一只会喷火的蜘蛛。”

“喷火蜘蛛？听起来没有年兽那么可怕。”杰克打趣道。

“这可不是比赛，杰克。当年我是猛虎勇士，现在你是猛虎勇士，这是我们的使命，要牢牢记住。”爷爷说道，“但我告诉你吧，喷火蜘蛛用一条腿就能把年兽吓得屁滚尿流。”

听罢，杰克哈哈大笑。此时，他们刚迈入大厅，蔬菜馅儿和肉馅儿饺子香味四溢，单单闻着就美味无比，杰克馋得口水直流。他觉得自己现在饿极了，就像饥饿已久的年兽，可以吞掉眼前的任何东西。

杰克跑到妈妈身边，妈妈递给他一个碗和一双筷子。

“正好赶上饺子上桌！”妈妈微笑着说。

“我饿死了！”杰克迫不及待地说道。看到周围其乐融融的温馨画面，他知道他应该和大家一起，尽情地享受这些温情时刻。尽管现在龙王和年兽已经被他击退，但总有一天龙王还会卷土重来——那时，杰克将会做好一切准备，迎战龙王。

本篇故事结束。

猛虎勇士杰克在碧玉王国还将有什么奇遇呢？敬请期待！